# Pollyanna

Eleanor Porter

Adaptação de João Anzanello Carrascoza • Ilustrações de Orlando

• O ilustrador Orlando foi indicado ao troféu HQ Mix na categoria Ilustrador de Livro Infantil por esta obra.

*Pollyanna*
© João Anzanello Carrascoza, 2004

| | |
|---|---|
| **Diretor editorial** | Fernando Paixão |
| **Editora** | Claudia Morales |
| **Editora-assistente** | Marcia Camargo |
| **Coordenadora de revisão** | Ivany Picasso Batista |

ARTE

| | |
|---|---|
| **Editor** | Antonio Paulos |
| **Diagramador** | Claudemir Camargo |
| **Editoração eletrônica** | Divina Rocha Corte |
| **Editoração eletrônica de imagens** | Cesar Wolf |

Seção Por trás da história

| | |
|---|---|
| **Texto** | Baby Siqueira Abrão |
| **Projeto gráfico e diagramação** | Marcos Lisboa |
| **Pesquisa iconográfica** | Silvio Kligin |

CIP-BRASIL. CATALOGAÇÃO NA FONTE
SINDICATO NACIONAL DOS EDITORES DE LIVROS, RJ.

C299p
Carrascoza, João Anzanello, 1962-
    Pollyanna / Eleanor Porter ; adaptação de João Anzanello Carrascoza ; ilustrações de Orlando. - São Paulo : Ática, 2007
    il. - (O Tesouro dos Clássicos)
    Adaptação de: Pollyanna / Eleanor Porter
    Inclui apêndice

    ISBN 978 85-08-09947-4

    1. Literatura infantojuvenil. I. Porter, Eleanor H. (Eleanor Hodgman), 1868-1920. II. Orlando, 1959-. III. Título. IV. Série.

05-1976.                                           CDD 028.5
                                                    CDU 087.5

ISBN  978 85 08 09947-4 (aluno)
CL: 733261
CAE: 207040

2024
1ª edição
15ª impressão
Impressão e acabamento: A.R. Fernandez
OP 248484

Todos os direitos reservados pela Editora Ática S.A.
Avenida das Nações Unidas, 7221 – CEP 05425-902 – São Paulo, SP
Atendimento ao cliente: 4003-3061 – atendimento@aticascipione.com.br
www.coletivoleitor.com.br

**IMPORTANTE:** Ao comprar um livro, você remunera e reconhece o trabalho do autor e o de muitos outros profissionais envolvidos na produção editorial e na comercialização das obras: editores, revisores, diagramadores, ilustradores, gráficos, divulgadores, distribuidores, livreiros, entre outros. Ajude-nos a combater a cópia ilegal! Ela gera desemprego, prejudica a difusão da cultura e encarece os livros que você compra.

## SUMÁRIO

1. A menina sardenta ..................................................... 5

2. O começo do jogo .................................................. 11

3. Primeiro o dever ...................................................... 17

4. Amigos ...................................................................... 23

5. Surpresas ................................................................. 29

6. Passando a limpo .................................................. 35

7. De cama .................................................................. 39

8. Jogo duro ................................................................ 47

9. Um lance decisivo ................................................. 53

Por trás da história .................................................... 56

# 1
## A menina sardenta

Sou empregada de Miss Polly, única herdeira da família Harrington, uma das mais ricas dessa cidadezinha de Beldingsville. Lavava os pratos quando ouvi a campainha tocar. Fui atender: era o carteiro com uma carta para a patroa. Reconheci a letra de Pollyanna e meu coração disparou.

Fechei a porta da sala envolta na penumbra. O prisma pendurado diante da janela balançava ao vento. E, então, recordei-me de outra carta que Miss Polly recebera, um ano antes, e que mudara inteiramente nossas vidas.

Naquela época, eu trabalhava para ela fazia apenas dois meses e ainda não me acostumara com seu gênio. Aos quarenta anos, sozinha no mundo, vivia de mau humor, e eu, por inexperiência diante de seu constante desgosto, não sabia como agradá-la.

Depois de lhe entregar aquela carta, percebi que Miss Polly ficara mais nervosa do que de costume. Tom, o velho jardineiro, e seu filho, Timothy, também se alarmaram com a exagerada agitação dela. Andava pela casa, de lá para cá, sem parar, até que veio à cozinha.

– Nancy, vá limpar o quartinho do sótão – disse-me, secamente. – Tire a poeira e arrume a cama.

– Sim, senhora – respondi.

– Minha sobrinha, Pollyanna, de onze anos, vem morar comigo – prosseguiu. – Ela vai dormir lá!

– Uma garotinha aqui, que bom! – exclamei, lembrando-me de minhas irmãs menores, que viviam longe de mim, no The Corners.

Miss Polly me olhou contrariada. Mesmo assim, repeti que uma criança iria alegrar a casa e fazer bem a ela, tão solitária...

– Não preciso de companhia! – disse-me, irritada.

E, como não tinha com quem partilhar a sua inquietude, Miss Polly acabou por desabafar comigo, lembrando a história de sua família.

Sua irmã mais velha, Jennie, fora cortejada por um homem rico. Mas, contra a vontade de todos, teimara em se casar com um pobre pastor da igreja e fora viver no norte do país. De lá, escrevera algumas vezes. Numa delas, comunicara o nascimento de sua filha, a quem dera o nome de Pollyanna, em homenagem à própria Miss Polly e a outra de suas irmãs, Anna. A mágoa ainda persistia entre os familiares e, quando começaram a cogitar uma reconciliação com Jennie, chegou a notícia de sua morte.

Dez anos se passaram. E eis que, de repente, chegara aquela carta, informando que o pai de Pollyanna também morrera. Como única parente viva, caberia a ela a guarda da órfã.

– Agora tenho de criar o filho dos outros! – resmungou Miss Polly, aflita, prevendo as mudanças que a menina provocaria em sua vida.

Retirou-se da cozinha e eu, obedecendo-a, fui limpar o quartinho do sótão. Também gostaria de poder varrer os maus sentimentos de sua alma. Como podia botar a criança ali, num lugar horrível, sem ventilação, quando havia tantos quartos confortáveis naquele casarão?

Fiz o serviço o melhor que podia e saí para o jardim. Falei com Tom sobre a vinda de Pollyanna; ele se lembrava bem da mãe dela, Jennie.

– Era um anjo – comentou. – A menina deve ser igual a ela.

– Miss Polly vai colocá-la no quartinho do sótão – eu disse, inconformada. – É uma mulher sem coração!

– Você não a conhece bem – disse ele. – É uma pessoa boa. Teve até um grande amor.

– Não posso acreditar que alguém a amou – eu disse.

– Mas é verdade – disse Tom. – E, depois que romperam o namoro, ela ficou assim. Prendeu os cabelos e se veste como velha. Mas, se Miss Polly se cuidasse, você veria como é linda.

"Talvez por isso ela não queria se apegar à ninguém", pensei.

No dia seguinte, eu estava passando roupas quando Miss Polly me chamou:

– Nancy, vá com Timothy à estação de trem buscar minha sobrinha.

– A senhora não vai? – estranhei.

– Não – ela respondeu. – Não é preciso.

Segui para a estação, pensando em sua frieza e imaginando o que seria da pobre menina.

*A menina sardenta*

A descrição que tínhamos era de uma garota loura, com vestido xadrez e chapéu de palha. Não foi difícil reconhecê-la. Magra e sardenta, descera de um vagão e olhava, ansiosamente, para os lados.

– Pollyanna? – chamei, acenando.

Ela veio em minha direção e se atirou em meu pescoço, abraçando-me com carinho.

– Estou tão contente por ter vindo me esperar! – disse, como se já me conhecesse...

Subimos na charrete, onde Timothy nos esperava. Ela começou a falar euforicamente da viagem e a me fazer perguntas. Mostrou com orgulho a mala novinha que ganhara das senhoras de sua igreja.

– Elas me aconselharam a usar esse vestido xadrez – comentou. – Não tinha tecido preto nas doações recebidas. Foi melhor: não é fácil a gente ficar alegre numa roupa preta.

– Alegre? – eu disse, surpresa.

– Sim – explicou Pollyanna: – Antes de ir para o céu, papai me falou para tentar ser feliz, sempre, e me ensinou como. Está meio difícil: ele se foi, mamãe também, e eu fiquei só. Mas tenho a senhora, tia Polly. E vou me alegrar!

– Não sou a sua tia Polly – eu disse, sem jeito. – Sou Nancy, a empregada.

A menina se entristeceu. Mas logo anunciou que tinha um motivo para estar contente: já havia me conhecido e ia conhecer a tia.

– Duas valem mais que uma!

– Tem razão – eu disse, sorrindo. – Lá está a casa onde você vai viver!

– Que linda! – suspirou ela. – Nunca vi gramados e bosques tão bonitos!

Fomos nos aproximando da mansão e Pollyanna me perguntou se lá havia tapetes e quadros, de que tanto gostava, mas nunca tivera na vida.

– Logo você verá – respondi.

E o sombrio quartinho do sótão, reservado a ela, me veio ao pensamento.

## 2
## O começo do jogo

Miss Polly estava lendo o jornal e nem se ergueu da poltrona para receber a sobrinha. Ia dizer algo, quando a menina correu e lhe deu um abraço.

– Calma, Pollyanna – disse ela, tentando se desvencilhar. – Fique aqui, na minha frente, quero ver você direito.

– Acho que não vai gostar das minhas sardas, nem de meu vestido xadrez – falou a garota. – Mas é o que tenho e estou contente, como papai me ensinou.

– Não quero ouvir falar de seu pai aqui! – disse Miss Polly bruscamente.

A menina se assustou com aquelas palavras rudes. Seus olhos se umedeceram.

– Venha conhecer seu quarto! – continuou a patroa. E, dirigindo-se a mim, ordenou:

– Nancy, traga a mala dela!

Pollyanna seguiu a tia, cabisbaixa, até o andar de cima. No topo da escada, voltou a se encantar com um quarto atapetado que viu de passagem, os quadros com molduras douradas, as cortinas de renda.

– A senhora deve ser feliz com tantas riquezas, tia Polly!

– Não diga isso, menina! É pecado ter orgulho de nossos bens. Tudo o que temos foi Deus que nos deu.

Passamos pela estreita escada que conduzia ao sótão, onde se atulhava todo tipo de bugigangas.

– Este é o seu quarto! – disse Miss Polly, abrindo a porta. – Nancy vai ajudá-la a guardar suas coisas.

E, antes de se retirar, completou:

– O jantar é às seis horas em ponto. Não se atrase!

A menina entrou no quartinho. Olhou em silêncio as paredes nuas, as janelas sem cortinas, o chão sem tapete, em contraste com o luxo dos demais cômodos da casa. Abraçou a mala que eu deixara ao pé da cama e, de joelhos, começou a chorar.

– Eu sou má, Nancy – disse ela, soluçando. – Por isso, Deus levou minha mãe, meu pai, e me trouxe para cá. É o que eu mereço.

Comovida, procurei distraí-la, enquanto tirava da mala suas roupinhas humildes.

De repente, Pollyanna se ergueu e disse que aquele quartinho poderia ficar lindo. Bastava começar o jogo.

– Que jogo? – eu ia perguntar, quando ela parou diante do guarda-roupa e falou:

– Estou feliz por não ter espelho aqui. Assim não vejo minhas sardas.

Depois, bateu palmas e deu um gritinho:

– E para que quadros na parede? – disse, indo até a janela. – É maravilhoso o quadro que vejo daqui: as árvores, a torre da igreja, o rio lá adiante! Estou feliz por ficar neste quarto!

Meus olhos se enevoaram. Tentei disfarçar, mas Pollyanna notou e veio me abraçar:

– Nancy, este quarto era seu? A titia tirou de você para me dar?

– Não, Pollyanna – eu disse, me controlando.

Aliviada, ela voltou a observar a paisagem pela janela. E eu me retirei, às pressas.

Quando o relógio deu seis horas, Miss Polly se acomodou à mesa. Esperou algum tempo, mas Pollyanna não apareceu para o jantar.

– Ela está atrasada – disse, impaciente.

Fiz menção de subir a escada.

– Não, não vá chamá-la, Nancy. Eu avisei o horário. Ela terá de aprender a ser pontual. Vai comer pão com leite na cozinha.

Quando Miss Polly terminou a sua refeição, corri ao quartinho à procura de Pollyanna. Devia estar cansada da viagem e adormecera.

Mas não a encontrei lá. Vasculhei a casa toda e nem sinal dela. No jardim, perguntei a Tom se sabia de seu paradeiro.

– Olhe ali! Deve ser ela! – respondeu, apontando para o morro, próximo à mansão.

Corri até lá. A noite caía lentamente e algumas estrelas já brotavam no céu.

– Pollyanna, que susto você me deu! – eu disse. – O que está fazendo aqui? Como saiu sem a gente ver?

Contou-me que estava sozinha no quarto, admirando a paisagem e descobrira uma árvore rente à janela.

– Desci por ela até o gramado – explicou, calmamente. – Vi este morro e vim para cá. Do alto dá para ver melhor as estrelas. Veja como brilham, Nancy!

– Sua tia não vai gostar de saber disso.

– Pois vou contar já para ela.

– Melhor não – eu disse. – Sua tia está zangada com você. Permitiu-me lhe servir apenas pão com leite no jantar.

– Tudo bem. Eu adoro pão com leite – disse Pollyanna. – E estou feliz porque poderemos comer juntas.

– Que estranho! – exclamei, lembrando-me do humor dela na estação e no quartinho. – Você fica contente com qualquer coisa.

– É por causa do jogo – falou ela.

– Mas que jogo é esse?

– O jogo do contentamento!

– Continuo na mesma...

Pollyanna me contou, então, que pedira ao pai uma boneca no último Natal. Sem poder atendê-la, ele buscou doação junto aos fiéis de sua igreja. Quando a caixa de presente chegou e a abriram, só havia um par de muletas para crianças.

– O jogo é um jeito de ver o lado bom das coisas – disse ela. – De encontrar alegria em tudo que acontece com a gente.

– Não vejo alegria nenhuma em achar muletas em vez de boneca.

– No começo, eu também não via, Nancy. Mas papai me ensinou a jogar...

– Então me explique!

– Ora, eu devia me alegrar justamente porque não precisava das muletas! Não é fácil?

– É esquisito.

– Esquisito nada, o jogo é lindo! – disse ela. – Desde aquele dia, não parei mais de jogar. E, se acontece algo ruim, o jogo fica mais divertido. Só foi difícil mesmo jogar quando papai morreu...

– E agora que você foi atirada naquele quartinho horrível...

– É, foi triste – suspirou Pollyanna. – Eu me senti abandonada e fiquei lamentando as coisas que não tinha ali: o espelho, os quadros... Mas depois voltei a jogar. É que perdi um pouco a prática. Preciso encontrar um novo parceiro, porque aí é mais fácil dar a virada!

Retornamos à mansão sob a luz das estrelas. Pollyanna comeu pão e bebeu leite avidamente na cozinha. Sugeri, em seguida, que fosse se desculpar com Miss Polly.

*O começo do jogo*

Mesmo repreendida pela tia, a menina ainda lhe deu um beijo. E, antes de que eu a levasse para a cama, afirmou:

– Tive um dia feliz! Vou adorar viver com a senhora, tia Polly. Boa noite!

– Que garota estranha! – a patroa murmurou. – Está contente até por ser castigada... Nunca vi isso.

Mas, depois de cobrir Pollyanna com o lençol e fechar a porta do sótão, escutei seu choro baixinho:

– Desculpe, papai. Não consigo jogar agora. O silêncio é tanto! Me sinto tão só nesta escuridão...

Desci para cuidar da louça e prometi que aprenderia logo esse jogo para ajudar a coitadinha.

# 3
## Primeiro o dever

No dia seguinte, à mesa do café da manhã, Miss Polly ouviu um zumbido de mosca e resmungou:

– Nancy, de onde veio esta mosca?

– Não sei, senhora!

Mas Pollyanna se entregou, dizendo que a mosca entrara quando ela abrira a janela do quartinho.

– Vou mandar colocar tela de arame – disse Miss Polly. – É meu dever. Mas você terá também os seus! Manter a janela fechada é um deles.

E enumerou uma lista de obrigações para a sobrinha:

– Você deve arrumar seu quarto pela manhã. Depois, lerá em voz alta durante meia hora todos os dias, enquanto as aulas na escola não começam. À tarde, aprenderá a tocar piano com um professor que vou arranjar. Quintas e sábados, irá aprender a cozinhar com Nancy. Nos demais dias, vou ensinar-lhe corte e costura.

– Mas, titia... – protestou a menina. – Assim, não terei muito tempo para brincar, para subir no morro...

– Meu dever é dar uma boa educação a você. Cumpra seus deveres e poderá fazer o que bem entender.

– Acho que não dá para ser feliz com tanto dever! – disse a menina, timidamente.

– A gente devia ficar feliz com o dever cumprido! – rebateu Miss Polly, severa.

Ela comandava tudo na mansão com voz cortante e queria ser prontamente atendida. Pollyanna teria também de seguir as suas regras.

Mas, assim como exigia obediência de todos nós, Miss Polly não descuidava de seus deveres. Quando viu as roupas da sobrinha, disse que não caíam bem a uma pessoa da família Harrington.

Levou-a às principais lojas de Beldingsville e lhe comprou uma porção de roupas lindas. Timothy comentou que os comerciantes se encantaram com a garota e festejaram as vendas, admirados com a generosidade de Miss Polly, sempre tão contida em seus gastos.

Pollyanna, quando terminava suas muitas tarefas, saía a passear pela cidade. Às vezes se entretinha no jardim com Tom, que lhe contava sobre a sua mãe. E, frequentemente, ela vinha conversar comigo. A sua condição nos aproximava: eu também perdera meu pai meses antes e, para ajudar a família, empregara-me na mansão dos Harrington. Gostava de lhe falar de minha mãe – com quem aprendi a ler e a contar histórias –, das minhas irmãs tão graciosas, da nossa vida no campo, do lindo pôr do sol que víamos no The Corners. E

prometia que um dia, se a patroa permitisse, iríamos juntas lá.

Foi nessas conversas que aprendi com ela o jogo do contentamento. E comecei a pôr em prática esse jeito de ver as coisas, até mesmo na hora de realizar as tarefas árduas que Miss Polly me destinava.

Uma delas era entregar um pote de geleia, toda semana, para Mrs. Snow, uma senhora inválida e casmurra. Num certo dia, querendo me ajudar no serviço, Pollyanna se ofereceu para levar a geleia.

– Quero ensinar o jogo do contentamento para ela, Nancy!

– Não vai ser fácil – eu disse. – Nunca vi Mrs. Snow se animar com nada.

Eu a conhecia bem: vivia de mau humor, num quarto escuro, reclamando de tudo.

A menina foi à casa de Mrs. Snow, em meu lugar, aquela vez, e em todas as outras.

Passadas algumas semanas, encontrei Milly, a filha de Mrs. Snow, e perguntei como estava sua mãe.

– Depois que conheceu Pollyanna, ela virou outra pessoa – respondeu a moça.

– Verdade?

– Está de bem com a vida – continuou Milly. – Adora os penteados que a garota faz. E já até toma sol junto à janela...

Era difícil acreditar. Mas, com seu jogo do contentamento, Pollyanna mudara milagrosamente o astral daquela mulher ranzinza.

– Ah, se tia Polly jogasse também! – disse-me, uma tarde, no quintal. – Ela vive triste, Nancy. E, como faz tanto por mim, é meu dever ensiná-la. Só não sei como.

A menina procurava expressar, sempre que podia, o quanto seus dias eram felizes naquela casa. Mas a patroa, invariavelmente, retrucava:

– É bom que sejam felizes os seus dias, Pollyanna. Mas melhor é que sejam proveitosos. Se não, terei falhado com meus deveres.

As coisas começaram a mudar numa noite abafada de verão.

Vestida de camisola, Miss Polly nos despertou abruptamente, dizendo que ouvira ruídos estranhos:

– Venham, depressa! Tem alguém no telhado!

Timothy foi à frente com uma lanterna, seguido por mim. Grande foi a nossa surpresa ao dar com Pollyanna dormindo no terraço do quarto da patroa.

Prestes a punir a sobrinha, Miss Polly, no entanto, ficou muda com a sua explicação. Sufocada pelo calor, Pollyanna saíra do quartinho pela janela, em busca de um lugar mais fresco. Escalara o telhado e se acomodara no chão do terraço.

– Foi a sorte – concluiu a menina, meio sonolenta. – Se estivesse num quarto ventilado, eu não poderia ver tantas estrelas. O céu é lindo daqui...

Na manhã seguinte, quando eu preparava o café, Miss Polly me chamou:

– Nancy, mude já as coisas de Pollyanna para o quarto ao lado do meu!

– Sim, senhora – eu disse, disfarçando minha satisfação.

Subi ao sótão e contei a novidade à menina. Alegre, ela saiu correndo, batendo as portas pelo caminho, e foi agradecer à tia.

Desci em seu encalço e ouvi a conversa das duas:

– Você é tão estabanada, Pollyanna. Por que anda batendo as portas pela casa?

– Desculpe, tia Polly. Não consegui me controlar de tanta felicidade. A senhora nunca bateu portas?

– Não. E jamais farei isso.

– Que pena!

– Pena, por quê?

– Quando a gente fica louca de alegria dá vontade de bater mil portas – disse Pollyanna. – Fico triste de saber que a senhora nunca bateu uma!

Depois, a menina subiu para apanhar suas roupas no sótão. E Miss Polly, sem dar pela minha presença, sussurrou:

– Estou contente por ter mudado Pollyanna de quarto!

Graças à convivência com a sobrinha, ela parecia se tornar, pouco a pouco, mais humana e compreensiva.

## 4
## Amigos

Os dias se passaram e Pollyanna, com seu jeito meigo, ia conquistando outras pessoas pelas ruas de Beldingsville: a viúva Benton, a senhora Tarbell, Tom Payson e sua esposa, o reverendo Ford, e a todos ensinava o jogo do contentamento. Na mansão, ela também continuava causando novas mudanças. Eu já não me surpreendia mais. Numa de suas visitas a Mrs. Snow, encontrou um gatinho perdido na rua.

– Fiquei contente por não achar o dono dele – explicou à tia quando chegou em casa. – Assim, pode morar com a gente!

– Detesto gatos – disse Miss Polly. – E esse está sujo e doente.

– Está só assustado, titia. Deixa eu ficar com ele, deixa? – pediu a menina, acariciando o bichinho.

E, ao contrário do que todos esperávamos, a patroa concordou.

– Dê leite a ele, Nancy!

A menina me seguiu até a cozinha, a fisionomia radiante, carregando o gatinho no colo, para quem já inventara um nome.

– É tão fofinho... Vai se chamar Fluffy!

Na outra semana, nem bem se acostumara ao novo amigo, Pollyanna apareceu com um cachorrinho magro e sarnento. Na hora, Miss Polly proibiu veementemente que o animal ficasse. Mas, depois de ouvir os insistentes pedidos da sobrinha, acabou por lhe fazer a vontade. E, para o nosso espanto, foi ela quem deu ao cão o nome de Buffy, e ordenou a Timothy que fizesse uma casinha para ele.

Animada com a boa vontade da tia, Pollyanna um dia apareceu na mansão com um menino maltrapilho. Chamava-se Jimmy, tinha mais ou menos a idade dela, e também era órfão. Como não queria viver em asilos, ele andava pelas ruas, ao deus-dará, sonhando com uma família.

— Olha quem eu trouxe para morar aqui, tia Polly — disse a garota, triunfante. — Um amigo de verdade para brincar comigo!

— O que significa isso, Pollyanna? — disse a patroa, furiosa. — Onde encontrou este menino sujo?

— Ele está como Fluffy e Buffy quando chegaram. Se tomar um banho, fica ótimo. Um garoto vale mais que um gato e um cachorro!

— Que absurdo, Pollyanna! Não há lugar nessa casa para os mendigos que você encontra na rua.

— Alto lá. Não sou mendigo, nem quero nada da senhora. Posso trabalhar em troca de casa e comida — disse Jimmy, que até então se mantivera mudo. E arrematou, indignado: — Só vim porque essa menina me contou que tinha uma tia caridosa...

Finda a confusão, Miss Polly repreendeu duramente a sobrinha, que a ouviu, encolhida. Mas Pollyanna não desistiu de ajudar o amigo.

— Vou atrás das mulheres da igreja que fazem caridade, Nancy — disse-me, depois. — Quem sabe uma delas não adota o Jimmy...

Procurou-as diversas vezes, mas nenhuma se dispôs a ajudar.

— Elas mandam dinheiro para crianças na Índia — disse-me. — Por que não ajudam o Jimmy, que vive aqui?

As semanas se seguiam e Pollyanna fazia novos amigos. Uma tarde, ao retornar de seu passeio habitual, disse-me:

— Conversei um tempão hoje com Mr. Pendleton. É um homem tão bom!

— O quê? – eu disse, incrédula. – Você o conhece?

— Claro, Nancy! – respondeu. – Já falei com ele muitas vezes. Nós somos amigos!

— Não é possível! – exclamei. – Mr. Pendleton vive sozinho num casarão longe daqui. Não há ninguém mais rico na cidade. E ele nunca fala com as pessoas!

— Comigo ele fala.

Era verdade, como pude comprovar no dia seguinte. Passeávamos juntas pelo centrinho e, ao cruzarmos com Mr. Pendleton, ele cumprimentou Pollyanna com simpatia. E os dois trocaram umas palavras gentis.

Fiquei intrigada: como conseguira se tornar amiga daquele homem tão estranho?

— Tentei conversar várias vezes com Mr. Pendleton, mas ele não respondia – explicou-me Pollyanna. – Até que um dia, ele falou: "Por que você não procura alguém da sua idade para conversar?".

— E o que você disse? – perguntei.

– Eu disse que também gostava de pessoas mais velhas – respondeu a menina. – E apostava que aquela cara dele de bravo não era de verdade, porque no fundo ele devia ser um senhor muito gentil. Então Mr. Pendleton sorriu, Nancy! E daí em diante passou a falar comigo!

Suspirei. Eu nem sabia que muitas outras coisas incríveis, como essa, ainda estavam para acontecer.

Numa manhã, quando voltava da igreja, a menina foi caminhar no bosque próximo a Beldingsville e deu com Mr. Pendleton deitado à margem do rio.

– E o que ele fazia lá? – perguntei a ela, quando veio me relatar a sua aventura.

– Ele caiu e quebrou a perna – respondeu Pollyanna. – Daí me pediu para ir à sua casa e telefonar para um tal de doutor Chilton.

– E você foi? – perguntei.

– Fui. Peguei lá a lista telefônica e chamei o médico.

– E então?

– Fiquei amiga também do doutor Chilton. Ele está cuidando direitinho de Mr. Pendleton.

Uma semana depois, eu preparava o pote de geleia de Mrs. Snow, quando Pollyanna disse:

– Hoje eu queria levar geleia para outra pessoa, tia Polly. Posso?

– Para quem?

– Para um amigo meu, Mr. Pendleton – respondeu a menina. – Ele quebrou a perna e está de cama.

Miss Polly se assustou ao saber que a sobrinha o conhecia.

– Ele é uma pessoa boa – falou Pollyanna. – Nancy já me viu falar com ele!

A patroa me olhou, interrogativa, e eu confirmei com a cabeça. Ela parecia não saber como agir. Por fim, cedeu ao pedido da sobrinha.

– Mas deixe claro que o pote de geleia foi ideia sua. Não me dou bem com ele – esclareceu Miss Polly.

– Obrigada, titia – exclamou a menina exultante, e correu à casa do amigo.

Quando voltou, disse-me, sorrindo:

– Mr. Pendleton vai ficar um tempão de cama. Estou tão feliz!

– Você está feliz por isso, Pollyanna? Não estou entendendo qual é o jogo.

– É que eu tive uma ideia, Nancy.

– Que ideia?

– Mr. Pendleton vive sozinho e não pode se mexer direito. O doutor Chilton disse que ele precisa da ajuda de alguém.

– Continuo sem entender – eu disse.

– Sugeri a Mr. Pendleton ficar com Jimmy – disse ela, sorridente. – E minha sugestão foi aceita. Agora Mr. Pendleton tem alguém para ajudá-lo e Jimmy conseguiu uma casa para morar!

Em seguida, avisou-me que ia ao jardim contar a novidade ao velho Tom, e saiu batendo as portas da mansão.

## 5
### Surpresas

Enquanto as aulas não começavam, Pollyanna fazia seus passeios por Beldingsville, brincava pela casa com Fluffy e Buffy, cumpria seus muitos deveres. E regularmente levava geleia para Mrs. Snow, em quem gostava de fazer novos penteados. Aliás, vivia insistindo em mudar também o penteado de Miss Polly:

– Deixa eu tentar, titia, vai ficar bem bonito!

– Não, Pollyanna. Prefiro meus cabelos assim, presos.

A menina também se habituara a visitar Mr. Pendleton, que, por vezes, pedia para Jimmy vir chamá-la, porque sentia muito a sua falta. Ela ia prontamente e encontrava por lá o doutor Chilton, a quem também propôs ensinar o jogo do contentamento.

– Ele é tão triste, Nancy! Não tem mulher, nem filhos. Vive sozinho num quarto de hotel.

Mas, em algumas ocasiões, ao regressar dessas visitas, Pollyanna vinha me confidenciar que Mr. Pendleton e o doutor Chilton mudavam de assunto quando ela começava a falar de sua mãe, de seu pai, da própria Miss Polly.

"É, tem alguma coisa estranha nisso", eu pensava comigo.

Uma tarde, depois de retornar da casa de Mr. Pendleton, Pollyanna contou-me um fato curioso: ele lhe confessara que, quando soube que ela era uma Harrington, pensou em não vê-la mais.

– Por quê? – perguntei, sem entender.

– Porque eu lembrava uma pessoa que ele queria esquecer – respondeu Pollyanna.

– Ele falou quem era essa pessoa?

– Não, Nancy!

Comecei a ligar os pontos. Pollyanna fazia Mr. Pendleton recordar alguém que ele desejava esquecer. Miss Polly insistira demais com a sobrinha para deixar claro que a geleia dada a ele não era uma gentileza sua. E havia a história, contada por Tom, que a patroa tivera um grande amor, e só se tornara uma pessoa ríspida após ter se separado dele.

– Descobri o mistério – eu disse, vibrando. – Só pode ser isso, Pollyanna! Mr. Pendleton e sua tia foram namorados!

– Não é possível, Nancy – disse a menina. – Ela não gosta dele!

– Não gosta agora. Mas já gostou, muito, antes de brigarem...

– Então deviam fazer as pazes – disse Pollyanna. – Os dois vivem tristes e emburrados. Se eu conseguisse ensinar o jogo do contentamento para eles...

– Isto bem que eu gostaria de ver! – eu disse.

Não tocamos mais no assunto. Pollyanna continuou a frequentar a casa de Mr. Pendleton, porque, além de gostar dele, lá encontrava seus outros amigos, Jimmy e o doutor Chilton.

Retornou de uma dessas visitas com vários pingentes de cristal que Mr. Pendleton lhe dera.

– O que você vai fazer com isso? – perguntei.

– São prismas, Nancy – respondeu-me. – Dá para fazer uma porção de arco-íris com eles.

– Como?

– Mr. Pendleton me ensinou. Vou mostrar para você. Venha!

Pollyanna escolheu um dos cristais, amarrou num fio e pendurou diante da janela da sala. Um raio de sol o atravessou e projetou ao redor um feixe de luz nas cores do arco-íris.

– Não é lindo, Nancy? É o sol jogando o jogo do contentamento!

– É mesmo!

— Foi o que eu disse a Mr. Pendleton – falou Pollyanna. – Acho que agora ele começou a entender como se joga.

— Será?

— Ele até falou que eu sou o mais belo dos prismas! Mas eu não espalho essas cores quando o sol bate em mim. O sol só me dá sardas...

— Ah, se a sua tia aprendesse esse jogo! – eu disse.

— Já pensou se ela vivesse dentro de um arco-íris assim, Nancy? – falou Pollyanna. – Ia bater muitas portas, de tão contente...

O vento balançou o cristal e Buffy começou a latir. Quando viu as luzes coloridas que saíam do prisma e dançavam pela sala, a patroa esboçou um sorriso e não reclamou ao saber de quem a sobrinha o ganhara.

Outros fatos surpreendentes se sucederam. Um deles foi Pollyanna ter, finalmente, convencido Miss Polly a deixar-lhe fazer um novo penteado. A menina pôs-se a pentear o cabelo da tia com entusiasmo, rindo a valer, os dedos ágeis sobre os cabelos negros e soltos, que caíam em ondas sobre os ombros.

— Olha que lindo, titia! – disse ela, depois de terminar.

Miss Polly parecia mesmo outra mulher, mais jovem, revelando uma beleza que o penteado habitual escondia.

— Bem, agora é hora de desfazer, Pollyanna.

Elas estavam na varanda e, nesse instante, o doutor Chilton apareceu em sua charrete à frente do portão.

Ao vê-lo, Miss Polly deu um grito e fugiu para dentro da casa. Estava garoando, por isso ele viera apanhar Pollyanna, a pedido de Mr. Pendleton.

— Sua tia estava tão linda... – comentou o médico.

— O senhor achou? Ela vai ficar contente em saber.

— Não diga nada a ela – disse o doutor Chilton, perturbado. – Eu peço a você!

*Surpresas*

Quando Pollyanna me contou essa conversa disse que não compreendia o motivo. Eu também não. E achei estranha a atitude dele.

Passaram alguns dias e aconteceu outro fato inesperado que a menina veio me contar.

— Mr. Pendleton quer que eu vá morar com ele, Nancy!

— Assim, do nada? – eu falei. – Mas por quê?

— Para aprender o jogo do contentamento mais depressa.

— Sua tia não vai deixar.

— Foi o que eu disse a ele – falou Pollyanna. – Então Mr. Pendleton me contou que tinha gostado muito de uma mulher e quis se casar com ela. Mas não deu certo.

— Por isso ele se tornou um homem triste – eu falei. – Só pode ser.

Fluffy se enroscou na perna de Pollyanna. A menina pegou o gatinho no colo e continuou:

— Falei para ele convidar também tia Polly para morar na sua casa. Ou, se preferisse, podia vir morar com a gente aqui.

— E o que ele disse?

— Mr. Pendleton pediu pelo amor de Deus para não contar a ela nossa conversa.

— Não entendi.

— Acho que ele mesmo quer contar tudo – disse Pollyanna e completou, antes de sair batendo as portas: – Logo os dois vão fazer as pazes, Nancy!

# 6
## Passando a limpo

Pollyanna começou a frequentar a escola, onde estava indo bem, fazendo amigos de sua idade, para quem distribuía prismas e ensinava o jogo do contentamento.

Aos domingos ia à igreja pela manhã e, à tarde, passeava comigo por ordem de Miss Polly. Fomos, finalmente, uma vez, ao The Corners, onde ela conheceu todo o pessoal da fazenda onde eu vivera antes de me empregar na casa de sua tia. Divertiu-se ajudando os peões a lavrar a terra e a cuidar do gado. E, ao ver minha mãe doente, pôs-se a conversar e a praticar com ela o jogo do contentamento. Devagarinho, mamãe foi se animando, e, quando percebemos, contava vivamente as histórias de um livro no qual aprendera os nomes que dera às minhas irmãzinhas.

Quando retornamos do The Corners encontramos o doutor Chilton no caminho.

– Mr. Pendleton quer falar com você – disse ele à Pollyanna. – É um assunto muito importante!

A garota trocou um olhar cúmplice comigo, acomodou-se na charrete e se foi com o médico.

Voltei para a mansão e, enquanto ela não chegou, ao cair da tarde, não sosseguei. Estava ansiosa para saber as novidades.

– E então? – eu disse, estranhando seu ar triste.

– Você se enganou, Nancy – disse Pollyanna.

– Como assim? – perguntei.

– Mr. Pendleton e tia Polly nunca foram namorados! – respondeu ela.

E contou como se sentia feliz quando seguira com o doutor Chilton, pensando que Mr. Pendleton, já recuperado da perna quebrada, iria fazer as pazes com a sua tia Polly. Devia ser esse o assunto importante, ela comentou com o médico.

– Mas aí o doutor Chilton ficou nervoso, Nancy. E falou que os dois nunca tinham sido namorados.

– Não?

– Falei que tinham, sim, mas depois brigaram. Você é quem descobrira tudo. E agora eles ficariam juntos de novo. Eu e tia Polly iríamos morar com Mr. Pendleton, ou ele viria morar aqui, com a gente! O doutor Chilton disse que aquilo era impossível, me deixou lá e foi embora, chateado.

– E Mr. Pendleton, o que disse? – perguntei.

– Que ele nunca tinha sido mesmo namorado de tia Polly.

– Não entendo mais nada...

– A mulher que ele tanto amava era minha mãe – continuou Pollyanna. – Foi o que ele disse. Mas mamãe não o amava, casou-se com papai e foi embora. Por isso, Mr. Pendleton virou uma pessoa triste.

A menina tomou fôlego e continuou:

– Mas, depois que apareci, ele disse que tudo mudou. E ficou insistindo para eu ir morar na sua casa. Porque eu pareço com a mamãe, a mulher que mais amou na vida. E, comigo lá, ele aprenderia de uma vez a praticar o jogo do contentamento.

– E você? – perguntei.

– Eu disse que tia Polly é muito boa para mim – respondeu Pollyanna. – Não posso sair daqui...

– Vamos jogar um pouquinho – eu disse, percebendo a tristeza em seu rosto sardento.

Pois não demorou um minuto, Pollyanna disse:

– Estou contente por não ter contado nada disso para a titia...

Já estava praticando novamente seu jogo, e eu entrei nele, abrindo um sorriso.

– Você também está contente, Nancy? – ela me perguntou.

– Sim – respondi. – Lembrei-me de ontem, quando o céu estava carregado de nuvens e fui buscar você no morro, a pedido de sua tia.

– E qual foi a graça?

– Fiquei muito feliz porque Miss Polly estava aborrecida com você – eu disse.

– Mas esse não é o jeito correto de jogar, Nancy. Onde já se viu, ficar feliz com uma coisa dessas!

– É que a preocupação dela com você, Pollyanna, agora, é diferente.

– Como diferente?

– Miss Polly está mais gentil, não pensa mais em deveres o tempo inteiro. Você mexeu com o coração dela.

– Será mesmo, Nancy?

– Tenho certeza – eu disse. – Ela mudou. Dá para ver pelo caso do cachorro e do gatinho que ela aceitou em casa. Eu bem sei o quanto ela quer o seu bem. Pois não me mandou pegar o guarda-chuva e buscar você, quando viu o céu cheio de nuvens cinzentas?

A alegria renasceu nos lábios de Pollyanna.

– Como é bom saber que tia Polly me quer de verdade!

# 7
## De cama

A vida seguia assim, quando uma jogada do destino mudou tudo.

Pollyanna voltava da escola e, ao atravessar a avenida principal da cidade, foi atropelada por um automóvel que surgiu, de súbito, à sua frente. Ninguém soube ao certo como se deu o fato. Mas, uma hora depois, eu ajudava Miss Polly a colocá-la, pálida e ainda desacordada, em sua cama. O doutor Warren, médico da família, foi chamado às pressas.

Sem poder entrar no quarto, chorei pelos cantos da casa. Tom e Timothy, igualmente apreensivos, tentavam me consolar. Fluffy miava pela escada, e Buffy, estranhando o movimento na casa, não parava de ganir.

O doutor Warren não tinha certeza se Pollyanna quebrara algum osso, mas a sua expressão, quando se despediu de Miss Polly, não era nada boa.

– Só com o tempo posso dar uma opinião – disse ele. E sugeriu que se contratasse uma enfermeira.

Pollyanna recobrou os sentidos apenas no outro dia.

– Não sinto minhas pernas – gemeu ela, tentando se sentar. – O que aconteceu comigo?

Miss Polly me olhou angustiada e, segurando as lágrimas, contou-lhe sobre o acidente.

– Não quero dar trabalho – disse a menina. – Quero me levantar. Tenho de ir à escola amanhã!

– Sim, querida – disse Miss Polly. – Mas agora você precisa descansar!

A enfermeira deu-lhe um sedativo e Pollyanna dormiu, falando do automóvel, da dor nas pernas, das tarefas escolares.

Somente após uma semana, quando a febre começou a baixar, é que ela percebeu a sua real condição. Mas logo se pôs a praticar o jogo do contentamento.

– Estou feliz, Nancy – disse ela. – É melhor ter as pernas quebradas do que ficar na cama a vida inteira como Mrs. Snow.

Pediu-me que pendurasse na janela um dos cristais dados por Mr. Pendleton. O prisma refletiu no forro as cores do arco-íris e ela continuou o jogo.

– Fico feliz que eu não tenho catapora. É pior que sarda! – disse, sorrindo. E, ao ver a tia entrar no quarto, acrescentou: – E também quase estou contente por ter sido atropelada.

– Não diga isso, Pollyanna! – repreendeu-a Miss Polly.

– Desde que fui atropelada, a senhora me chama de "querida". Nunca ninguém me chamou assim! Fico tão alegre quando lembro que a senhora é minha tia!

Miss Polly conteve a emoção e saiu rapidamente do quarto, ao ver a enfermeira entrando.

Nesse mesmo dia, eu soube que o caso de Pollyanna era mais grave do que imaginava. A campainha tocou e, ao abrir a porta, dei de cara com Mr. Pendleton. Anunciei sua chegada à patroa, que logo desceu para atendê-lo. Enquanto fazia meu serviço, ouvi o que diziam:

– Vim saber de Pollyanna – disse Mr. Pendleton.

– Obrigada – disse Miss Polly, friamente.

– Como está ela?

– Não muito bem – disse a patroa, amarga. – A coitadinha não compreende. Pensa que fraturou as pernas!

– E não fraturou?

– Não. As pernas estão paralisadas por causa de uma lesão na coluna – respondeu Miss

Polly. – O doutor Warren está em dúvida e quer trazer um especialista de Nova York para examiná-la.

Um penoso silêncio pairou na sala. Mr. Pendleton afirmou então que gostava de Pollyanna duas vezes: por ser quem era e por ser filha da mulher que ele amara. E confessou que queria adotá-la.

– Pollyanna se recusou, disse que a senhora era muito boa para ela! – afirmou o visitante. E, antes de se despedir, ofereceu ajuda: – Faço o que for preciso pelo bem da menina!

Mais tarde, Miss Polly comentou com Pollyanna que um especialista viria em breve consultá-la.

– É um amigo do doutor Warren, querida – disse ela. – Com dois médicos, você vai se curar mais rapidamente.

O rosto da sobrinha se iluminou e ela afirmou que adoraria ser tratada pelo doutor Chilton.

– Foi ele quem cuidou da perna de Mr. Pendleton! Estou tão contente que venha me ver!

– Não é o doutor Chilton – disse Miss Polly, estranhamente embaraçada. – É um médico famoso de Nova York.

Pollyanna insistiu para ser atendida pelo doutor Chilton, mas Miss Polly se negou com firmeza:

– Não quero chamar o doutor Chilton – disse, saindo do quarto. – Tenho as minhas razões!

A enfermeira também saiu e eu permaneci com Pollyanna, que se distraía afagando o pêlo de Fluffy.

– Nancy, a titia também não gosta do doutor Chilton. Por que será?

– Não sei – respondi, angustiada com o que a patroa revelara a Mr. Pendleton.

Ignorando a gravidade de seu estado, Pollyanna continuou a praticar o jogo do contentamento. Ficava feliz porque o sol se punha, porque a lua aparecia, porque podia dormir ou acordar.

Tom vinha lhe trazer flores e, para ser solidário, reclamava das dores nas costas, pois vivia arcado pela idade.

– Você devia ficar contente – dizia-lhe Pollyanna. – Assim, tão arcado, você está mais perto das flores que tem de cuidar.

E continuava fazendo planos:

– Não vejo a hora, Nancy, de voltar à escola, levar geleia para Mrs. Snow, visitar Mr. Pendlenton e Jimmy...

Mas, apesar de animada, ela ia se tornando mais pálida e magra, os braços ágeis contrastando com as pernas imóveis.

Então, depois de uma longa espera, o doutor Mead, de Nova York, chegou. Pollyanna simpatizou com ele no ato. Queria saber quando poderia sair da cama e estava contente por conhecer um médico que sabia mais que os outros sobre pernas quebradas, mais até que o doutor Chilton.

– Não há metro para medir essas coisas – disse o especialista, sorrindo, sem contudo lhe dar resposta.

Ao fim do exame, o doutor Mead se retirou e foi para a sala ao lado falar com a patroa e o doutor Warren. Eu e a enfermeira ficamos no quarto com Pollyanna. Foi aí que Fluffy meteu o focinho no vão da porta, e entrou, deixando-a entreaberta. E por essa fresta é que chegaram até nós as palavras de Miss Polly:

– Então ela não vai andar nunca mais, doutor?

Pollyanna ergueu a cabeça do travesseiro e deu um grito de terror:

– Tia Polly! Tia Polly!

Um barulhão ecoou na sala ao lado. Miss Polly desmaiara ao ver a porta entreaberta e perceber que a menina a ouvira. Os dois médicos correram para acudi-la.

– Nancy, por favor, chame depressa a tia Polly – suplicava Pollyanna.

– Espere um minuto... Ela já vem!

– Você ouviu, Nancy? Será que é verdade? Quero saber o que ela pensa. Será que não poderei andar nunca mais?

– O doutor Mead pode estar enganado – disse a enfermeira.

– Ele sabe tudo sobre pernas quebradas – soluçou Pollyanna.

*De cama*

E, lançando-me um olhar apavorado, completou:

– Como poderei ficar contente, Nancy, se não posso mais andar?

– Calma, calma – eu disse, contendo as lágrimas. – Vamos praticar o jogo do contentamento.

A enfermeira tratou de dar um calmante a Pollyanna, que sussurrava, antes de adormecer:

– Quando criou o jogo, papai dizia que em tudo há um lado bom, porque as coisas poderiam ser ainda piores. Mas o que há de bom em não poder andar, Nancy?

# 8
# Jogo duro

Logo pela cidade inteira corria a opinião do especialista: dificilmente Pollyanna voltaria a andar. Todos me pediam notícias e lamentavam não ver mais a menina loirinha e sorridente perambulando pelas ruas. A tristeza aumentava quando eu lhes contava que Pollyanna não praticava mais o jogo do contentamento e, portanto, não se alegrava com mais nada.

Seus muitos amigos vieram visitá-la. Para surpresa de Miss Polly, a mansão virou um centro de romaria. Era visita e mais visita, de conhecidos, ou de quem nunca tínhamos visto. Eu não vencia de tanto fazer café. O movimento começava pela manhã e só terminava à tardinha. Traziam livros, flores e doces para a doente. Alguns choravam e deixavam bilhetes. Como o doutor Mead proibira visitas à menina, atender a essa gente passou a ser a grande ocupação de Miss Polly.

– Nunca imaginei que Pollyanna conhecesse tantas pessoas – dizia ela, assombrada.

Cada um que aparecia não deixava de falar com carinho da garota. E todos, desde a viúva Benton até o casal Payson, lhe deixavam o mesmo recado: estavam praticando o jogo do contentamento, já conseguiam ver o lado bom das coisas e viviam mais felizes. Sem compreender do que falavam, Miss Polly ficou nervosa e quis saber, enfim, do que se tratava:

– Nancy, o que você sabe sobre esse tal jogo?

Então eu lhe contei tudo: desde quando Pollyanna pedira a boneca de presente, e só encontrara na caixa de donativos o par de muletas – que, àquela hora, diante da situação dela, com as pernas imóveis, me pareceu uma cruel premonição. Expliquei que o pastor, para animar a filha, inventara a tal brincadeira de se procurar, em tudo que nos acontecia, um motivo de contentamento.

– É preciso ver o lado bom dos fatos, Miss Polly – eu disse. – Não adianta mesmo a gente ficar se remoendo, só piora a situação.

E continuei explicando:

– A partir dali, Pollyanna não deixou mais de praticar o jogo. E passou a ensinar a todas as pessoas que conhecia, inclusive a minha gente, quando fomos lá no The Corners.

A patroa se agarrava ao silêncio, aturdida.

– A menina fez a cidade inteira ficar feliz – eu completei. – E agora a cidade inteira quer vê-la feliz.

– E por que ela nunca me falou desse jogo? Por que tanto mistério?

– Desculpe, Miss Polly, mas foi a senhora quem a proibiu de falar do pai – respondi. – E ela não sabia como explicar o jogo sem falar de quem o inventou.

– Pois eu também quero entrar nesse jogo! – disse ela.

Mais tarde, quando subi com o jantar, encontrei Pollyanna mais disposta.

– Tia Polly, a senhora está falando direitinho como se conhecesse o jogo – dizia, quando entrei no quarto.

– Sim, querida, Nancy me contou tudo e me ensinou o jogo do contentamento.

A menina me olhou, hesitante. Confirmei com a cabeça.

– E agora quem vai jogar com você sou eu – anunciou Miss Polly para a sobrinha.

– Estou tão contente! – exclamou Pollyanna. – Eu sempre quis jogar com a senhora! E agora posso!

Assim, graças à tia, a menina recuperou a antiga alegria. O doutor Warren liberou as visitas e, já acomodada numa cadeira de rodas,

Pollyanna recebia seus amigos, enquanto fazia tricô ou tocava piano.

Mr. Pendleton apareceu na mansão dos Harrington várias vezes e a menina se mostrava feliz por saber que Jimmy fora, finalmente, adotado por ele. Outros de seus numerosos amigos continuavam a visitá-la nessa época. Só o doutor Chilton, para a sua decepção, nunca apareceu.

– Gosto tanto dele, Nancy! – ela dizia. – É uma pena que não venha me ver!

Mas, apesar do carinho de todos e do bom humor de Pollyanna, o tempo transcorria e nenhuma melhora se notava em seu estado. O doutor Warren continuava soturno e o doutor Mead não dera mais notícias. O receio de Miss Polly, e o meu também, era de que ele estivesse certo e a pobrezinha nunca mais andasse.

Estávamos quase à beira do desespero. Até que, numa manhã, mais cedo que de costume, a campainha tocou insistentemente.

Era Jimmy. Abri a porta para que entrasse, pensando que vinha ver Pollyanna. Mas ele estava afobado e queria mesmo era falar com Miss Polly, que já descia as escadas.

– O que você deseja? – perguntou a patroa, contrariada.

O menino, então, contou aos tropeços, que ouvira uma conversa entre Mr. Pendleton e o doutor Chilton.

– E você acha certo ouvir a conversa dos outros? – censurou Miss Polly.

– Foi sem querer – disse Jimmy. – Eu estava brincando no jardim e ouvi. E foi bom porque sei que existe um jeito de fazer Pollyanna andar.

– O quê? – disse Miss Polly. – Explique melhor, Jimmy!

– O doutor Chilton conhece um médico que pode curar Pollyanna – disse o menino. – Mas ele não pode vir aqui com esse médico, porque a senhora não quer.

– Eu não me dou com ele – disse Miss Polly.

– O doutor Chilton disse que era namorado da senhora, mas depois vocês brigaram e ele nunca mais pôde entrar nesta casa.

*Jogo duro*

Fiquei admirada com essa revelação. E percebi que o rosto de Miss Polly estava em brasas.

– Mas o doutor Chilton disse a Mr. Pendleton que só quer ajudar Pollyanna – continuou Jimmy. – É só ela que importa!

– E esse tal médico? Será que ele cura mesmo a menina? – perguntou Miss Polly, atordoada.

– Parece que curou muitos casos iguais ao de Pollyanna – falou Jimmy, ofegante.

Fez-se uma pausa perturbadora. Então, Miss Polly falou com firmeza:

– Diga para o doutor Chilton vir. Corra, Jimmy, vá chamá-lo!

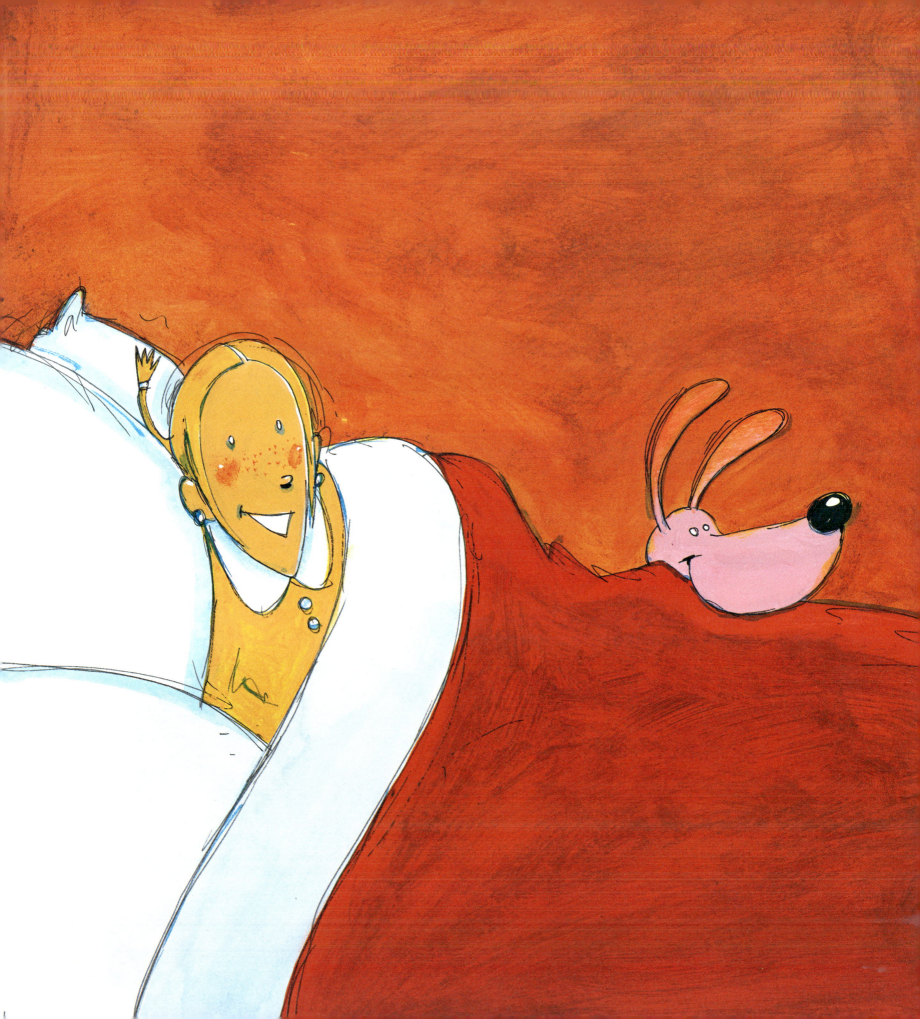

# 9
## Um lance decisivo

Mais tarde, nesse mesmo dia, conduzi o doutor Chilton ao quarto de Pollyanna.

A menina arregalou os olhos ao vê-lo e gritou, transbordando de felicidade:

– Que milagre!

Mas, certamente, lembrando-se de que a tia não gostava dele, a garota ficou confusa:

– Se o senhor está aqui, então é que...

– Sim, querida – interveio Miss Polly. – Fui eu mesma que pedi ao doutor Chilton que viesse.

– Estou tão contente! – exclamou Pollyanna, batendo palmas.

Quando o exame terminou, o doutor Chilton quis falar a sós com Miss Polly. A conversa se alongou, a noite já caía e eles ainda não haviam terminado.

Levei o jantar para Pollyanna e vi, pela janela do quarto, o doutor Chilton, enfim, indo embora. Então, enquanto contava à garota o que eu soubera por Jimmy, que o verdadeiro amor de Miss Polly era o doutor Chilton, ouvimos uma porta bater. Depois outra, e mais outra.

– É o que estou pensando? – eu disse, espantada.

– Sim, a titia está batendo portas, Nancy! – vibrou a menina. – Ela está feliz! Ela está feliz!

Não demorou, a patroa entrou no quarto. Sorria, inteiramente distinta daquela que conhecíamos até então. Percebendo que ela desejava ficar a sós com a menina, a enfermeira se retirou e eu ia fazendo o mesmo. Mas Miss Polly pediu que eu permanecesse.

– O assunto também interessa a você, Nancy – disse ela.

Tomou as mãos de Pollyanna e contou sobre o namoro que tivera no passado com o doutor Chilton. Depois, haviam se desentendido e deixado de se falar. Por isso, tanto ela quanto ele tinham vivido aqueles anos tristes e solitários.

– E hoje nós fizemos as pazes – disse Miss Polly. – Minha vida vai mudar e eu me sinto muito feliz!

– Eu também, titia – exclamou a menina e a abraçou.

– Tudo por sua causa, querida – continuou Miss Polly, retribuindo o abraço. – E você vai ganhar um tio!

Pollyanna chorava, a alma em júbilo.

– Nós vamos nos casar – continuou Miss Polly. E, voltando-se para mim, disse: – Queremos que continue trabalhando para nós, Nancy!

No dia seguinte, a garota viajou com o doutor Chilton para a cidade onde o médico, amigo dele, vinha realizando muitas curas em casos semelhantes aos de Pollyanna.

Passaram-se algumas semanas, desde a sua partida, e essa carta agora, em minhas mãos, é a primeira que recebemos dela. Reconheci a sua letra, e seu rosto sardento, irradiando vida, brotou na minha memória. A angústia e a esperança se misturam em mim. Entreguei a carta a Miss Polly, o coração acelerado. Ela rasgou ansiosamente o envelope e começou a ler, em voz alta:

– *Titia, eu já posso andar! Sim! Hoje andei no quarto. Seis passos! Como é bom andar de novo... Os médicos sorriam, mas as enfermeiras choravam ao me ver andando. Seria melhor que sorrissem também, era o caso de gritar de alegria, de bater as portas (mas não se pode fazer isso num hospital). Agora não me importo se demorar aqui, só não quero perder o seu casamento. Mas logo vou voltar para casa. Quero ir à escola, visitar meus amigos, Mr. Pendleton,*

*Jimmy, Mrs. Snow. Quero brincar com Fluffy e Buffy. E quero andar muito por Beldingsville. Como é bom andar sobre os próprios pés. Todos os dias eu pratico o jogo do contentamento. Estou feliz demais, por mandar notícias. Feliz até por ter ficado sem movimentar as pernas por esse tempo, porque só assim sei o quanto é maravilhoso andar. Lembranças para todos, para a senhora, para o titio, para a Nancy, para o Tom e o Timothy. Ah! Amanhã vou dar oito passos. Oito! Ida e volta, de minha cama até a janela.*

Miss Polly terminou a leitura. Diante da janela, o sol atravessou o prisma, que balançava ao vento, espalhando as cores do arco-íris pela sala imersa em sombras.

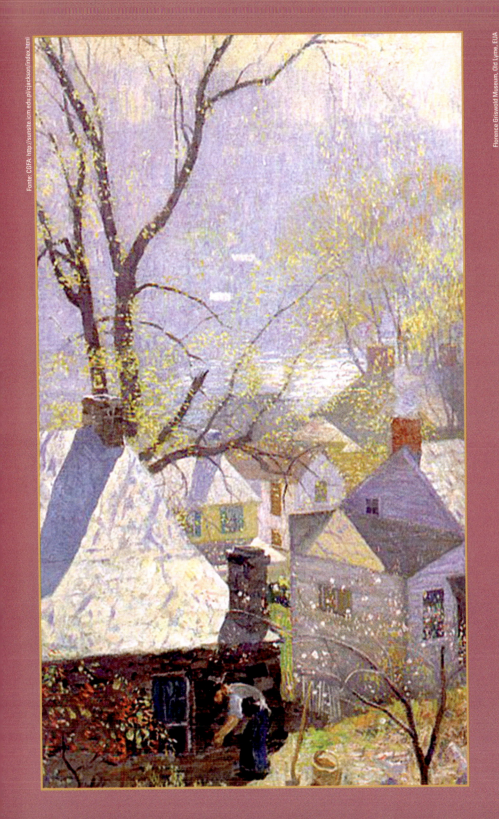

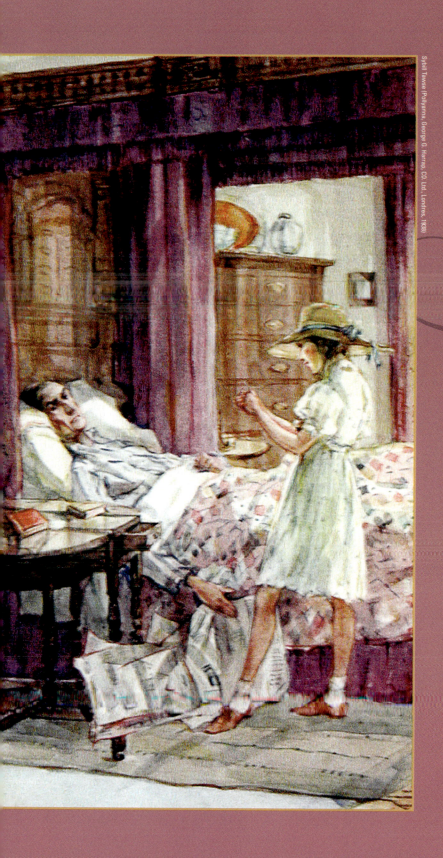

# Por trás da história

# Uma menina sardenta encanta o mundo

Pollyanna foi muito mais do que um livro. Foi uma verdadeira febre, uma mania que se espalhou pelos Estados Unidos e por vários países do mundo. A história da garotinha órfã capaz de ver um lado bom em tudo, até nas tragédias, comoveu milhões de pessoas. A simplicidade e a alegria com que ela encarava a vida encantou crianças, jovens e adultos de todas as idades. Encanta até hoje. Quer ver só? Da próxima vez que alguma coisa aborrecida acontecer, faça o "jogo do contentamento". Aí você também vai descobrir onde está a força de Pollyanna.

## Da infância difícil à alegria de viver

Fonte: http://www.erbzine.com/dan/pg3.html

A menina Eleanor quase não saía de casa. Tinha uma saúde frágil e passava os dias ao lado da mãe, que andava em uma cadeira de rodas e pintava quadros. Isso ensinou Eleanor a encontrar alegria nas pequenas coisas e a ter muita esperança. Ela sempre acreditou que um dia aquilo tudo fosse passar.

E passou mesmo. Eleanor ficou forte, pôde ir para a escola, estudou música e até virou cantora. Depois de casada, porém, decidiu ser escritora. Eleanor Hodgman Porter escrevia muito: publicava um livro por ano. Todos com mensagens de alegria e esperança. Todos nas listas dos mais vendidos.

Pollyanna saiu em 1912, em capítulos, no jornal Christian Herald. Em 1913 foi publicado em livro. Fez tanto sucesso, que todos os exemplares eram vendidos assim que chegavam às livrarias.

O livro vendeu milhões de exemplares, foi traduzido para quase todas as línguas e ainda hoje é sucesso no mundo inteiro.

**Eleanor Porter** nasceu em 1868 em Littleton, New Hampshire, Estados Unidos, e morreu em Cambridge, Massachusetts, em 1920.

### Uma luz mais colorida

O adaptador de Pollyanna, João Anzanello Carrascoza, já escreveu muitos livros infantojuvenis e, além de escritor, é publicitário e professor de redação publicitária.

Veja o que ele diz sobre a experiência de adaptar Pollyanna:

"Recontar Pollyanna foi um aprendizado inesquecível para mim. Encarei o desafio como um jogo que exigiria muito do meu empenho, mas também me daria muito contentamento.

Para recontar a história me inspirei em Monteiro Lobato. Me lembrei da sua tia Nastácia, pois logo percebi que Nancy era meio parecida com esse personagem do Sítio do Picapau Amarelo.

As duas eram empregadas e adoravam contar histórias. Tia Nastácia vivia rodeada pelos netos de Dona Benta e Nancy tinha um forte vínculo afetivo com a sobrinha de Miss Polly, a menina sardenta de quem se tornou amiga e confidente.

Assim, decidi contar a história pela voz de Nancy. Como um prisma, ela poderia lançar uma luz mais colorida à narrativa.

Só que não foi fácil, não, foi um jogo duro. Mas hoje, diante de uma situação difícil, procuro ver o seu lado bom. Em vez de me afundar na sombra, vou atrás da claridade para descobrir o que ela veio me ensinar.

Depois de ler Pollyanna, espero que você tenha tanta vontade de bater portas quanto eu tive ao acabar de reescrevê-la."

## Uma mania nacional

Crianças, jovens e adultos reuniam-se nos *glad clubs* (clubes do contentamento) para ler *Pollyanna* e para praticar, em conjunto, o "jogo do contentamento". Os *glad clubs* começaram a aparecer em 1913, após a publicação do livro, e se espalharam por todo o país.

## Sucesso na Broadway

O sucesso de *Pollyanna* foi tão grande que em 1915 – dois anos depois de publicado o livro – virou uma comédia encenada numa das mais famosas casas de espetáculos dos Estados Unidos. A peça, em quatro atos, chamava-se *Pollyanna, a menina contente*, e ficou dois anos em cartaz.

Em 2004, a peça voltou a ser apresentada nos Estados Unidos, numa nova adaptação.

## Na tela pequena

Em 1956, a televisão no Brasil ainda era uma novidade. A TV Tupi pôs no ar a novela *Pollyanna*, adaptada por Tatiana Belinky.

Em 1982, os estúdios Disney adaptaram o livro para a televisão, com o nome de *As aventuras de Pollyanna*.

Inspirados na história de Eleanor Porter, em 1986, os japoneses fizeram um desenho animado com 24 episódios, chamado *A história de Pollyanna, a menina do amor*.

## Na tela grande

A mais antiga e conhecida versão para o cinema de **Pollyanna** é a de 1920, quando este ainda era mudo. O papel-título foi interpretado por Mary Pickford, atriz de sucesso na época. Ela tinha 27 anos e viveu na tela uma criança de 12!

A versão cinematográfica mais famosa de **Pollyanna** foi a dos estúdios Disney, filmado em 1960.

## Um monumento

A cidade de Littleton, onde nasceu Eleanor Porter, também prestou sua homenagem a ela. Desde 2002, uma escultura de Pollyanna, feita de bronze, foi colocada no gramado da biblioteca pública, no centro histórico da cidade – não muito longe de onde Eleanor morava. E virou atração turística: é ponto de visita obrigatório a todos os que passam pela cidade.

Fonte: http://www.ahoois.com/pollyanna

# Uma mensagem de esperança

No início do século XX os Estados Unidos e o mundo passavam por um processo de mudanças profundas, que deixavam as pessoas assustadas e inseguras.

Então, surgiu um livro – Pollyanna – que falava de otimismo, alegria e esperança. Um refúgio contra o medo que todas aquelas transformações provocavam. A garotinha trazia esperança de poder fazer desse novo mundo, tão diferente para todos, um lugar bom para viver.

### As cidades crescem
O aumento da industrialização e o desenvolvimento social fizeram com que muita gente saísse do campo para morar nas cidades, onde estavam as indústrias e os empregos. Assim, as cidades cresceram, movimentando dinheiro e levando a economia a se desenvolver. As charretes iam sendo substituídas por automóveis.
E pelo metrô: o de Nova York começou a funcionar em 1904.

### O papel da igreja
Na virada do século XIX para o XX a igreja protestante inicia um movimento missionário que vai atrás da população mais pobre, principalmente a crescente massa de imigrantes que chegava aos Estados Unidos. Assim como o pai de Pollyanna, muitos missionários percorrem o país todo levando os ensinamentos cristãos e fazendo trabalhos assistenciais. Esse movimento ficou conhecido como *Social Gospel* (Evangelho Social), um "protestantismo liberal" segundo o qual os princípios cristãos precisavam ser aplicados aos problemas sociais.

### Homens livres
Para se fortalecer, logo depois da Guerra de Secessão os ex-escravos uniram-se para montar suas próprias escolas e igrejas, buscar independência econômica e exigir direitos iguais.

### Dias de descanso
Os feriados foram criados apenas no século XIX: o Dia das Mães, Papai Noel e um Natal mais familiar. O Dia de Ação de Graças é um dos feriados mais importantes dos Estados Unidos. Nesta data comemora-se a fartura trazida por boas colheitas e é celebrada geralmente em família, com um grande jantar. O prato principal, que não pode faltar de jeito nenhum, é o peru.

### A guerra civil
Um acontecimento foi o marco do processo de transformação pelo qual os Estados Unidos passaram na segunda metade do século XIX: em 1861, o norte e o sul dividiram-se numa guerra civil. A Guerra de Secessão, como é conhecida, durou quatro anos, levando o país ao caos. No final, o norte, industrializado, venceu o sul, agrícola e escravocrata. O resultado foi a abolição dos escravos e a expansão do industrialismo, que reforçou o processo de modernização do país.

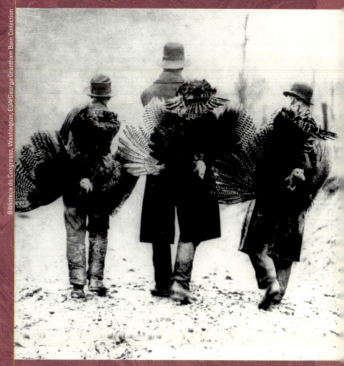

Homens carregando peru para o jantar de Ação de Graças. A foto é de 1912, mesmo ano da publicação de *Pollyanna*.

As treze colônias britânicas que originaram os EUA: Carolina do Norte, Carolina do Sul, Delaware, Geórgia, Maine, Maryland, Massachusetts, New Hampshire, New Jersey, New York, Pensilvânia, Rhode Island, Virgínia.

### O surgimento de uma nação
Os Estados Unidos surgiram a partir da independência de treze colônias britânicas que se uniram como nação. Aos poucos, novos territórios foram sendo anexados à formação original: alguns foram comprados e outros, adquiridos pela conquista militar.

# Duas décadas de História

*Desde o início do século até o ano de sua morte, em 1920, a escritora Eleanor Porter viveu duas décadas de intensas mudanças no mundo. E esse mundo que o século XX anunciava era bem diferente da tranquilidade da pequena cidade de Beldingsville...*

Alberto Santos Dumont: *eu naveguei pelo ar: Da conquista da dirigibilidade dos balões ao mais pesado que o ar.* João Luiz Musa; Marcelo Breda Mourão; Ricardo Tilkian. Nova Fronteira, São Paulo, 2ª ed, 2001

### Fim da era vitoriana

Morreu, aos 81 anos de idade, a rainha **Vitória**. Durante os 63 anos do seu reinado o império britânico chegou a englobar um quarto do mundo.

### Einstein desafia as teorias da Física

O físico alemão **Albert Einstein**, com apenas 26 anos, agitou os meios científicos ao apresentar sua Teoria da Relatividade.

### Homem-pássaro

O brasileiro **Santos Dumont** conseguiu levantar voo com um aparelho mais pesado do que o ar. Deu uma volta completa na torre Eiffel, sob os aplausos dos parisienses.

## 1901    1905    1906    1910    1912

### Era da comunicação

O cientista italiano **Guglielmo Marconi** conseguiu transmitir uma mensagem da Cornuália (Inglaterra) até a Nova Inglaterra (Estados Unidos), a uma distância de 3.600 quilômetros. Estava criado o telégrafo sem fio.

Einstein, aos 68 anos.

### Milagre de Natal

O físico americano **Reginald Aubrey Fesseden** mandou uma mensagem de Natal aos marinheiros que navegavam ao largo da costa americana. Pela primeira vez se conseguia transmitir, através do rádio, qualquer som, inclusive a voz humana.

### Show que veio do céu

A primeira passagem do **cometa Halley** pela Terra, desde 1835, não provocou o fim do mundo, como previram os astrólogos. Foi um espetáculo de luz, beleza e mistério.

### Tragédia no mar

O **Titanic**, o maior e mais luxuoso transatlântico já construído até então, bateu num *iceberg* e naufragou nas águas do Atlântico Norte. Cerca de 1.500 das 2.200 pessoas que estavam a bordo morreram.

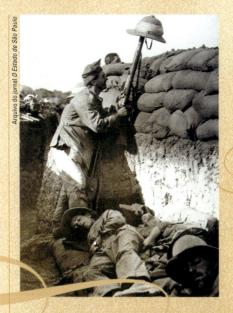

### Assassinato na Bósnia

O assassinato do arquiduque Francisco Ferdinando, herdeiro do trono do império Austro-Húngaro, em Sarajevo, Bósnia, foi o estopim que deu início à **Primeira Guerra Mundial**. O conflito durou quatro anos e envolveu as grandes potências mundiais.

### Revolução Vermelha

Os bolcheviques tomaram o poder na Rússia, inaugurando o primeiro estado socialista do mundo. O maior líder da Revolução Russa foi **Vladimir Lênin**, que, do exílio, comandou o movimento.

### Independência feminina

Em agosto, foi ratificada a emenda da Constituição dos Estados Unidos que reconheceu à mulher o direito de voto, coroando um movimento de 72 anos.

# 1913　1914　1917　1920

### Revolução na sociedade de consumo

O empresário americano **Henry Ford** criou a linha de montagem e a produção em série de automóveis. O resultado foi o barateamento do produto, o aumento das vendas e a crescente especialização do trabalho.

### Invenção sem futuro

O inglês **Archibald Low** apresentou na Conferência do Clube Londrino de Engenharia um invento capaz de transmitir imagens a distância. O aparato foi chamado de televisão. Mas como sua produção era muito cara foi considerado sem futuro.

### Homem da paz

O pacifista **Mahatma Gandhi** propôs, e o Comitê do Congresso Nacional Indiano aprovou, a não violência e a desobediência civil como arma contra os colonizadores ingleses. Gandhi nunca recebeu o prêmio Nobel da Paz, apesar de ter sido indicado cinco vezes. Décadas depois, o erro foi reconhecido pelo comitê organizador do Nobel.

## Como fazer um arco-íris

Um arco-íris é um fenômeno da natureza que acontece quando a luz do sol passa por gotas d'água suspensas no ar e se decompõe em várias cores. O arco-íris é visto mais facilmente logo após uma chuva. Mas também podemos produzir o mesmo efeito, como Pollyanna fez, posicionando um prisma para que ele receba um raio de sol (ou um outro foco de luz). Existe também uma outra maneira: em um dia ensolarado pegue uma mangueira e esguiche água, de modo que ela saia em gotículas. É preciso estar de costas para o sol.

Quem descobriu que a luz se compõe de várias cores foi o físico inglês Isaac Newton, um dos maiores nomes da ciência de todos os tempos. Newton reparou que um raio de sol atravessando um prisma se decomponha nas cores vermelho, alaranjado, amarelo, verde, azul, anil e violeta. Ele chamou de espectro essa sucessão de faixas coloridas, aludindo ao fato de que as cores que se produzem estão presentes, mas escondidas, na luz branca.

Antônio Milena/Abril Imagens

## A felicidade pode ser medida?

Será que podemos quantificar o grau de felicidade de um povo?

Evidentemente a felicidade depende de muitos fatores, até de nenhum, como dizia Pollyanna. Mas, sem dúvida, a qualidade de vida contribui muito para o bem-estar, que é indispensável para ser feliz.

Para medir a qualidade de vida das pessoas os economistas desenvolveram um indicador, o IDH – Índice de Desenvolvimento Humano. O IDH avalia três dimensões básicas para a existência do homem:
- a expectativa de vida (as pessoas devem ter uma vida longa e saudável);
- a taxa de alfabetização e de matrícula (o acesso à educação);
- a renda *per capita*, isto é, a soma das riquezas de um país dividido pelo seu número de habitantes (as pessoas devem ter um padrão de vida digno).

Muitos especialistas, porém, questionam esse índice, pois a realidade é muito mais complexa que uma simples conta. Além disso, é importante ressaltar que, apesar do mau posicionamento do Brasil no *ranking*, o povo brasileiro é famoso por sua alegria.

**Ranking Desenvolvimento Humano**

Veja abaixo a posição de alguns países na colocação do IDH.

| | |
|---:|:---|
| 1º | Noruega |
| 2º | Islândia |
| 3º | Austrália |
| 63º | Brasil |
| 175º | Burkina Faso |
| 176º | Níger |
| 177º | Serra Leoa |

Fonte: Programa das Nações Unidas para o Desenvolvimento, 2005

## Formas de tratamento em inglês

As formas de tratamento usadas na história de Pollyanna mostram a formalidade com que as pessoas se tratavam naquele tempo. Note que esses tratamentos não eram usados com pessoas de classe social mais baixa, como a empregada Nancy.

**Mr.** (abreviatura de Mister)
Usa-se para:
- Homens
- Nomes completos: Mr. John Miller
- Sobrenomes: Mr. Miller

**Obs.** *não pode ser usado para o primeiro nome:* Mr. John

**Ms.** (abreviatura de Miss)
Usa-se para:
- Mulheres solteiras
- Nomes completos: Miss Polly Harrington
- Sobrenomes: Miss Harrington

**Mrs.**
Usa-se para:
- Mulheres casadas
- Nomes completos: Mrs. Marie Miller
- Sobrenomes: Mrs. Miller

**Obs.** *usa-se o sobrenome do marido; usa-se sempre em maiúscula.*

## No dicionário

O sucesso de *Pollyanna* fez com que ela se transformasse em verbete de dicionário. *Pollyanna* virou sinônimo de pessoa alegre e otimista. Experimente buscar a palavra em dicionários de inglês. Existem alguns disponíveis na internet. As definições variam um pouco: "pessoa cegamente otimista", diz um deles. "Pessoa que espera resultado favorável ou que sempre tem esperança; otimista", diz outro. "Alguém que permanece de bom humor e é otimista mesmo na adversidade", explica um terceiro. E você, que definições encontrou?